ネオ・リリシズム宣言

高見沢 隆

思潮社

目次

装幀＝思潮社装幀室

わたしの生は
死に者たちの断片で構成されている
肉体も
精神も
記憶も
そして
抒情に満ち溢れる
春も
秋
も

白い花

輪郭のない夢が
月の雫のように墜落して
波は胸騒ぎとともに
甘い匂いのする岸辺へ駆けてゆく

夜の骨は砕け
優しいくちびるが震える

未知のささやきが
冷たい水平の膜からきこえてくる

男の影は星の雫となり
ささやきに導かれ
くちびるを強く抱きしめる
そのとき
波は砕け白い花が聴覚に咲く

月は満たされて

水は月に満たされ
土は水に満たされ
岩は土に満たされ
月は彗星に満ちて

川は川でなく
樹は樹でなく

石は石でなく
花は花でなくなる

それがいまで
いまという時間に気づく瞬間
それは輝き落ちる
その先には空白なときが待ち受けているものの
空白はすぐにいまで満たされる

そんなことには気づいていたが
これほどまでに愛の裏切りが大きいと
小さな紅いバラの花はどうなってしまったか
あの棘に刺された指の血は約束どおり満たされたのか

気にならないはずもなく
もう一度確かめたくもなるが
花は花ではないので
たぶんあなたはもうどこにもいない

水は月に満たされ
花は花でなくなる
「もうわたしを探さないでください」
夕闇の唇からそんな声が聞こえてくる

聞こえてくるから
もう一度あなたを呼んでみる
「わたしの血を覚えていますか」

水は水に満たされ
月は満たされて
立ちくらみのなかで星を掃き落とす

春恋

霞む春山の頂きで
さらには誰も辿りついたことのないところで
雷鳴が狂ったように轟いている

そこで

樹樹は音にそよぎ

音の風に樹樹は静止して
花は雨に濡れて咲き
雨に花は枯れて
石は稲妻に砕け散り
稲妻に石はどんより輝く

そこで

風景は存在を超えて
境界のない存在を超えて
稲妻の歪んだ輝きを浴び
帰るところのない眠りのために
星のシンフォニーを奏でる

「あなたに聞こえていますか」
「あなたには聞こえていますか」

誰も辿りついたことのないところで
狂った雷鳴が轟きつづけている
そこで
下弦の月に揺られ揺られて
春疾風の夢は狐火のともる霞んだところで
燃え尽きる

あるリリシズム

――ネオ・リリシズム宣言

陽は降り注ぐ
樹木が繁る鬱屈した路に
風が吹き荒れる指のあいまに
死に者たちが堆積した渡ることのない川の頭蓋に

陽は降り注ぐ

天と地を隔てた大いなる混沌に
無限と幻想の遥かな狭間に
彗星の流れてゆく記憶の輪郭に

陽が降りそそぐ
時間の流れのなかに
わたしは時の流れのない界隈で
視えないものばかり愛し続けてきた

陽が降り注ぐ
さらに降り注ぐ陽についいて
なんと言葉をかけよう
あるいはどのような文字をしたためてみようか

死に者たちが嗤うのは
視えるものが本当はそこに存在していないためか
視えないものこそが悠久の文字を抱擁しているためか

陽が鬱屈した頭蓋に降り注ぐ
わたしは誰よりもわたしの存在を愛している
このままわたしという混沌を愛し続けてゆく
陽が降りしきるなかで
視てきたものを忘却の果てへ投げ捨て
潤いのある陽の皮膚を纏い
わたしが文字そのものであり続けるために

死に者たちとともに

ゆるやかに時は流れてゆく
新緑におおわれた最後の楽園を
風が呼吸をするように

風の声がきこえているときは
死に者たちと同じ位置で
涙が枯れてしまうまで

世界を感じていればそれでよかった

ゆっくりと時が流れてゆく
若葉の薫りのなかで
水の記憶が剥れ落ちるように

水の落ちるような想いを感じているときは
すべてのものを幾重もの眼で抱きささえ
骨の軋むまで震えていればそれでよかった

それでよかったものの
ここまでともに歩いてきたからには
この世界の先に存在している

枯葉の棺におおわれた死者たちの楽園まで
ゆっくりと夢でもみながら移動してゆこうか
風が枯れてゆくように
記憶が泡となるように
死に者たちは骨を生きつづけている

やわらかく時が流れてゆくなかで
千年の歳月を死につづけても死にきれない者たち
少しのあいだは霧のような
時の歪みのようなところへ
約束された眠りに落ちていればそれでよい
夕陽に染まる棺の山麓で頬づえをつく女神と
わたしたちが出会うまで

しんしょうのはる

このころになると
どこからかこえがただよってくる
だいちのおくふかくからか
じゅもくのなかからか
ぎんがのはてからか
わからないものの
そのこえをつめでひきよせてみる

こえはれつする
かぜがざわめきはじめる
わたしはめをとじる
（つれていってあげる）
（つれていってあげる）
こえがふりそそいでくる

このころになると
さくらそうやらすみれのはながさき
いままできいたことのない
うたをうたっている
じごくにもっともとおくちかいきせつ

つめはみずのように
たいようからはがれおちる
（どこへでもいってやる）
（どこへでもいってやる）
いっせいに
せみがざわめきはじめる

眼の触覚

地を割るような稲妻の音と光
低いうなり声とともに
夜を通り過ぎた霧が爪先から絡んでくる

夏に沸騰した血は
我が頭蓋を回転して
夕暮れに聞こえてくる山の声にようやく鎮まってゆく

スズムシは鳴き続け
アオガエルも鳴き続け
月はオリーブ色に輝き
樹樹は木霊となり
遠い死の淵へ消えていった

わたしはここで死者の眼を抱きしめる
わたしはここで秋の眼を抱きしめる

ツユムシやコオロギも鳴き続け
死骸になるまで鳴き続けて
落ちてゆく木の葉とともに夢へ堕ちる

暗がりに眠り
わたしという死者の永遠が一瞬に映しだされる
背骨で脱皮したセミの抜け殻が霞む声で
伸びきった神経を伝わり
音のない声が眼の触覚へ愛のように寄り添ってくる

海、時間を超えて

水平線から0・1秒後の黒い空間
そこから冷えびえとした風は吹きあげ
陽は異界の手で引きちぎられるように堕ちてゆく
堕ちてしまえば遅れてやってくる死に者たちが喜びに満ちて
海面を飛び跳ね踊りつづける

暗い空間へ冷えた風は吹き込み

0・1秒前の蒼い波が毒毒しい雨のなかで踊り跳ねる
海の始まるころ
私たちは鼓動とともに一つの始まりであった
寂静とともに一つの終わりであった

引いてゆく波をどこまでも追いかける
満月が下目蓋に沈んでゆく
夜の河は数億年の時間から逃れて
遅れてやってくる死に人たちの翼を毟り取る
死に者たちは私の裡から連綿と蘇ってくるのだ

波飛沫に身体を晒す
私の眼は水平の線にゆっくり変容してゆく

死に人たちの理解を超えた言葉が海に滴り落ちる
届かない星星の夢にときめき
イソギンチヤクに似た無数の岩の眼が光る
サソリ座の毒針が妖しく丸まり
藍に染付けられた海の裸体に降りつづく

毒蜘蛛

海に蜘蛛の巣をかける
腐蝕した紅ドクロのような岩礁が揺らぐ
真夏にしてはめずらしく
漆の蔓が枯れた落葉松の幹に巻きついては回転し
毒蜘蛛の腹を思わせる空の一点へ堕ちてゆく
飛んでゆく
鈴虫はここぞとばかりに

骨の森で翅を震わせサングラスをかける
不安な気配はサングラスの向こう側で
翅に乗る
蝉のこえに汗ばみ
全身の血が騒ぎはじめる
岩礁には熟れた蛇いちごが
蜘蛛を誘惑するためにみずみずしく輝いている
その輝きのなかで妖精と夜を切り裂き
わたしはわたしという一人の詩人を殺しにゆく

根源

発光する大気のなかで
雷鳴が記憶を複写する

文字を失った記憶は
遠い岸辺に打ち上げられ
打ち上げられては光の波動に呑み込まれ
ふたたび大気の海へ漂流する

稲妻が写し出すものは
死に者たちの太古の指先
記憶はアンモナイトの渦のなかで発光することばとなる

雷鳴が記憶を複写する
失われた文字が大気に焼きつく
(わたしたちのいる場所はここではない)
大気の海を不規則に移動する光
波動に張り付く文字の陰画
辿り着くところのない記憶は
死に者たちの指の海を渡ってゆく

微かな波動と弛緩

記憶の文字と化石の悲鳴
わたしたちの根源は蒼い指先から轟いてくる

理想郷へ

そんなはずはない
ここがわたしの辿り着くところだとしたら
どうして探し続けている答えがないのか
どうして稲妻が大地を走り続けているのか

いよいよ行くべきところまで見失ってしまった
と言いたいところだが

もともと行き着くところなどなく
わたしの理想郷はまだまださきの
針のさきの
空白のさきの
深遠なところにそっと存在している

稲妻のはしる緑のなかで
夏グミやら地ナシの実が光のなかでこぼれ落ち
どこかで数千の鳥が騒ぎ出す
そんなとき風船がふわりふわりと舞いあがり
深淵な羽を指の眼がそっとすくう

実のところ行き着く場所など知るよしもなく

やがては稲妻に打たれ野たれ死ぬことも
運命といえば運命か
とりあえずそう納得はしてみるものの
やはりそうはゆかない

やがては深淵な嘴に突かれ野たれ死ぬことも
宿命といえば宿命なのか
とりあえずそう納得はしてみるものの
やはりそうも簡単に納得ゆかない
納得ゆかないまま再びそう言い聞かせ
空白のさきを鉛筆で舐めてみる

芽

静けさが
深い静けさが麓に降りしきる
草の匂いが吐息に抱きよせられるとき
森はにがい果実を夜に結ぶ

月の光は山頂を照らし
光は小川に沿いながら海辺まで流れつく

そこですべては終わってゆくのだ
滅んでゆくものたちには眠りがふさわしい
滅んでゆくものたちには月光がふさわしい

静けさが
深い静けさが鼓膜を圧し潰し
小鳥たちが果実を啄む
記憶は川を漂い海を漂い
海の深い記憶はにがい果実を呑み込む
そこからすべての眼が始まってゆくのだ
そこからすべての芽は始まってゆくのだ

終わりから始まり

これも終わりといえば終わりなのか
そうではないと言えばそうではないと思うものの
そうだと言えばそうだとも思える

たとえば墓地を歩き躓き
躓いたところがわたしの終わりかといえばそうではなく
左脳と右脳を断ち切って

躓いたところがわたしの始まりになるといえば
それもそうなのだ

入れ替えてみたところで
みえない石棺なんか抱きしめたりしても
涙が出てくるわけでもなく
いよいよ石狂いのようになり
いよいよ石の信者になり
形振りかまわず他人の聖地へ踏み込んでゆく

踏み込んでみたところで
誰かと遭うわけでもなく
誰かと別れるわけでもないが

右脳と左脳を断ち切って
記憶に墓碑銘を刻み込む

それが終わりといえば終わりなのだが
始まりといえばそれも始まりだ
記憶の遠い底に眠っているわたしを揺り起し
終わりのない界隈へ連れていったところで
終わってしまうものは終わり
始まるものは始まる
それはそれで仕方がない
どう振舞ってみたところで
やはりそれはそれで仕方がないのだ

遠い恋

空が降りてくる
蟬が激しく鳴いているなかを

燃える陽射しの輪郭を歩く女人の胸元には
蟬の抜け殻が救いを求めるように張り付いている
無数の眼を張り付けた樹木から
救いを差し出す母の母乳が滴り落ちてくる

夏の果実をつけた樹木は大地を付き刺し
空は空っぽの風鈴を揺らして
遠い声の輪唱で満たされた世界は意味を失う

蝉が激しく鳴いているなかを
空は降りてくる
女人は陽炎に優しく抱かれ
うなじから海の蒼さを感じて
目眩のような産卵を繰り返す

月の眼

この路地を曲がると
蜜のような月が漂っている

街の甘い狂気のなかで
奈落の底の底へ
さらなる底へ突き落され
行き着くところといえば永遠という屍

あるいは
文字が消滅してゆく
文字が生まれてくる永久の棺でしかない

この路地の向こう側には
岸辺に流れ着いた異臭を
吐き出している川が流れている
数えきれないほどの靴の音は
川底へ落ちて
沈黙の石となった
やがては月の澄んだ光が
忘れかけていた水の骨へ
滲み入るように降りてくる

そのときわたしは
わたしという死者は
月を渡り
巫女の眼を胎児の雫で充たすであろう

この路地を曲がると
蜜のような月の光が
記憶の底へ
さらなる底の底へ降り積もってゆく
まるで死に者たちの遠い物語のように
手のひらの吐息のように

ほころび

水に沈んでしまいそうで
かろうじて顔だけは沈まないように
眼だけは開いているものの
やはり気の力が弱っているのか
そのまま感を閉ざしてしまう

憑かれたのではないと判ってはいるが

なぜこのようになってしまうのか
問いただしてみるものの
答えのようなものには届かない

よく考えてはみるが
それも当然といえば当然のことで
このさき何千年生きようとも
答えのない空の気のなかを生きているのだから
仕方がない

そのようなときには
枯れてゆく花や木の葉とともに
どこまでもどこまでも沈んでしまえば

判ったような判らないような答えに
届くかもしれない

空の気のなかを生きているのだから
それも判らないが
とりあえず文字の底を歩いてみる
遠いほころびのために

降りそそぐ粒子のなかで

すべては枯れて
落ちて
風に吹かれ
行くあてもなく消えてゆく
これが美しいというのなら
この大地は本当に怖いほど美しい

恐れることもなく身を捨て去り
恐れることもなく記憶を開放して
愛しい者さえも忘れ
信じていることといえば
柔かな土との果たされることのない約束

大地に耳を落とせば
地下水のざわめきが聞こえてくる
空に眼をあげれば
真空の夢が見えてくる
呼吸をしているから
全ては枯れて
落ちて

風に吹かれてゆく

身体を抱きしめる（樹々の）
交尾する（花々の）
頬をすりよせる（草々の）
呼吸をしているから
すべては麻痺している

すべては枯れて
落ちて
風に吹かれ
行くあてもなく消えてゆく
それでも美は荒廃のなかで狂いあがるのだ

荒地

風は白銀をのせて地球を巡る
動脈が寒冷前線に覆われ氷つく

いつもそうであった
この痩せた大地にアイスブルーの果実が実るころ
山の白肌に墓碑銘が刻まれる
風圧という昔ながらの名工が

荒々しい手つきで深く青く刻み込む
アイスブルーのなかでは神聖な者たちが
罪を犯した坊主を戒め
永遠の祈りに身をおいている

いつもそうであった
この大地には正義がいくつもある
語りつくせない真実がいくつもある
そんなことは判ってはいたもののの
判ってはいたからこそ
ブルーな迷宮の掟に瞑想する

このさきどのような景色になっても
どのような緑が待ち受けていても
脈は傍観者でいようか

白い岩の下で眠っている賢い蛇も
鈍痛のイノシシに喰われ
動脈は青鬼に襲われる
それも正義と真実なのだろう

ならばアイスブルーの迷宮で瞑想し
動脈が氷ついても
墓碑銘に我が名前を見つけても
わたしは風の音を聞かない

この荒地を巡礼しつくすまで

漠然とした水

それにしてもと考えてはみるものの
なにかが始まるわけでもなく
なにかが終わるわけでもなく
ただ漠然とした水のようなものが
雲のようなものが
湧いては消え
消えてはまた湧いてくるだけだ

陽の光を感じた朝も
星を数えきった夜も
もとはといえば訳などなく
ただ漠然としたわたしを埋め尽くしたかっただけで
そうかといってそれで埋め尽くされたかと
問われれば問われるほど
それもまた漠然とした疑問が湧いてくる

水は高い所から低い所に流れるものの
低い所から高い所に流れるのが
本当のわたしの界隈なのだが
それにしてもと考えてはみるものの

はたしてそれが本当のわたしなのかどうか
これもまたあやしい

ただ漠然とした水のようなものがあるから
漠然とした私が存在する
ただ漠然とした私が存在するから
漠然とした水が湧いてくるのか

思いをきって
花になれば
鳥になれば
颪になれば
なにがどのようになっているのか

感じるかもしれない

いずれにせよ考えてはみるものの
わたしがわたしのがらんどうであるために
がらんどうの漠然とした眼の始めと終わりのために
漠然とした水に溺れて脹れた永遠の水死人でいよう
もうしばらくは

まなのつぼ

なぜふみこんでしまったのか
このようなところに

はなやとり
かぜやらほしのこえはとおく
ましてやいのちのこどうなど
みみをすましたところで

きこえてくるはずもない

わたしがこのんできたのではないのに
わたしをだきしめようとする
けはいだけがたしかにちかづいてくる

このじゅかいに
あるはずもないまなのつぼをさがし
きょうじんのようにさまよいつづけ
さまよいつづけ
けっきょくのところほねになったものたち
くびをくくったものたちは
かぜにふかれ

にくたいをぬぎすててしまった

それがじゅかいのおきてといえばおきてなのだが
それにしてもなっとくがゆかないといえばゆかない

それにしても
なぜふみこんでしまったのか
このようなところに

かみのぐうぜんのいたずらで
うんよくまなのつぼにであい
わたしがえいえんのふうけいになったとしても
えいえんのけはいになったとしても

じゅかいのしんせいなだいちはせかいをゆるさない

でも
それでもいいだろう
それもいいだろう

重い身体

重く
鉛をつけたように身体は重く
地面にのめり込んだかと思うとマグマを突き抜けて
前人未踏の地下世界へ落ちたかと思うと空を突き抜けて
わたしの身体は運動を続けている
休む間もなく縋るものもなく
実のところ眠る場所もない

身体の記憶が正しければ
わたしは地底で受粉され生まれたはずだから
終わりも地下世界に戻らなくてはならない
またそうかといって待ってはみるものの
それで何かが変わるわけでもない

重い身体はどこまでも重く
休む間もなく生と死の運動を続けている
それにしても次のわたしはどこで生まれ
どこで死んでゆくのか
眠る場所もなく眠れる場所もなく
そのようなことを考えてはみるものの

それでどうにかなるものでもなく
ただ重い身体を引きずってゆくだけだ
それをどうにかしようというのでもなく
ただ鉛のような身体を引きずってゆくだけだ
それでいい
ここまで来たのだからそれでいいのだ
身体の記憶に錯誤があるとしても
終わりははるか彼方の銀河に戻らなくてはなるまい

それにしても
花と呼べば呼べそうな
植物と呼べば呼べそうな
動物と呼べば呼べそうな

温かくもなく冷たくもないものが
呼吸をしているようでしていないものが
なぜこれほどまでに多くの眼の前を通り過ぎてゆくのか

いよいよ生と死の境界に入ってしまったのか
そうかといってそれがどうにかなるものでもなく
どうにもならないからどうにかしようということでもなく
ただ潔く何かを待つだけだ

星の樹海

星の波にさらわれて
樹海に打ちあげられ
打ちあげられたこの場所で
いまとなっては抵抗することはなく
いまとなっては受容することもなく
とめどなく降り注ぐ言の葉を
永遠の手帳に刻み込んでいる

この樹海に流れついたのだから
それはそれでよいではないかと
思ってはみるものの
死に者たちが狂ったように
それでよいのかと問い返してくる

実のところ
それはそれでよいはずもなく
そうかといって砂漠へ打ちあげられたとしても
それでなにかが変わるわけでもない

見上げれば

鳥たちは古代の記憶を啄ばみ
ナスカの地上絵から羽ばたき
この領域へやってくる
ピラミッドの大地では石工たちの指が
ビルの林立する都市の空へ
黄色い砂を蒔き散らしている

死に者たちが狂ったように
それでよいのかと再び問い返してくる

いつになっても
それはそれでよいはずもなく
それでなにかが変わることもない

（愛さないでください）
（もうわたしの迷宮を愛さないでください）

月の雫が季節に堕ちて
樹海がエメラルドに染まるころ
アブラゼミは一斉に鳴きはじめ
草花の匂いは星の海を渡り
渇いた魚の唇は黄色い花粉で満たされる

声がきこえる遠くの岸辺では
永遠を射抜き
波しぶきを浴びた一匹の野良犬が

死に者を銜えて
死に者の頭蓋を銜えて
西方の星へ走り去る

ネオ・リリシズム宣言

著者
高見沢《たかみざわ》 隆《たかし》
発行者
小田久郎
発行所
株式会社 思潮社
〒一六二－〇八四二　東京都新宿区市谷砂土原町三－十五
電話〇三（三二六七）八一五三（営業）・八一四一（編集）
ＦＡＸ〇三（三二六七）八一四二
印刷所
三報社印刷株式会社
製本所
小高製本工業株式会社
発行日
二〇一六年十一月二十六日